清明

親密 與

Clarity
&
Connection

揚・裴布洛 yung pueblo——著

夏荷立——譯

眾生因出生、生命、死亡
及其間的每一種情感
結合在一起

人生最大的轉變發生在你往內看的時候。
你走進內心，觀察並接納你所發現的一切；
你帶來的愛點亮你的自我覺察；
你開始看清楚，過往是如何湧入你的腦海和心靈──
耐心、誠實與觀察開啟了療癒的過程。

隨著時間、用心與良好的療癒方法，
過往對你的人生就會失去影響力。
繼續這個療程──介入、感受、理解，然後放下。
然後你開始看到結果；你不再是原來的你了。
你的心感覺更輕盈，變得比以前更清明。
你開始進入自己的人生與人際關係，
為更深層的連結做好準備。

目錄

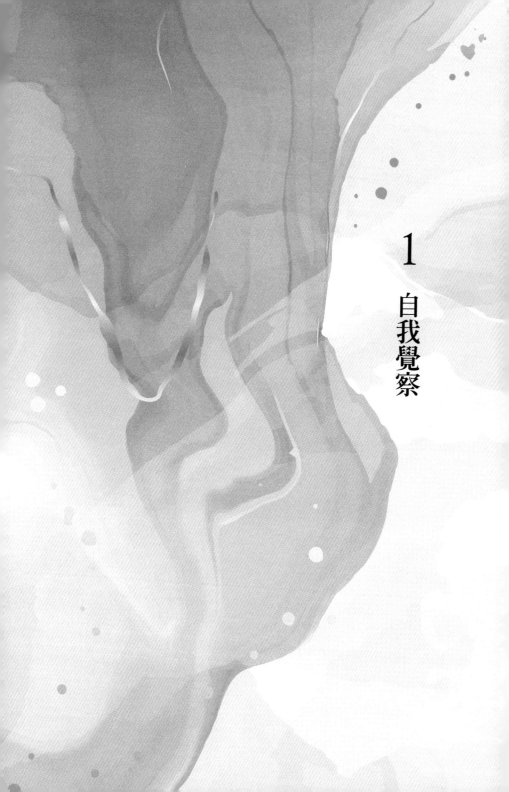

1

自我覺察

自我療癒，但是不要操之過急
幫助別人，但是要有底線
愛別人，但是不要讓他們傷害你
愛自己，但是不要變得妄自尊大
保持消息靈通，但不要把自己壓得喘不過氣
擁抱變化，但是要繼續追求自己的目標

下次你又因為重新陷入過去的模式之中
感到焦躁不安時，
請記住，僅僅是察覺到你正在重複過去
就是進步的徵兆

先有自我覺察
個人轉變才會出現躍進

自我療癒、
養成新的習慣、
觀察現實，不投射不妄想

都不是容易的事

這需要努力的修練

但是只要堅持下去
你的工作成果
將對你的人生產生巨大的正面影響

成熟就是知道
當你情緒低落時
不應該相信你對自己的看法

拋開「療癒就是遺忘」的想法

真正的結果是
你對舊因產生的反應
不再像以前那樣強烈

記憶仍然存在，
只是它們對你的影響力大不如前

這麼多年來我並沒有意識到
我是在逃避自己，
我一直在尋求陪伴或娛樂
這樣一來我就不必面對
內心的烏雲密布

無時無刻不在找機會轉移注意力；
友誼是逃避的手段，
歡樂只是暫時緩解痛苦

我沒有注意到我的感情關係有多膚淺
因為我離自己是那麼遙遠

我不明白為什麼孤獨會令人難以忍受
為什麼「玩樂」無法永久平息狂亂的情緒

長久以來我都沒有意識到
只有去探索並擁抱
存在於內心那股不知名的焦慮
才是改善人生唯一的途徑，
才能讓我的感情關係變得豐富，
才能讓心靈最終能體驗到輕鬆自在

你可以改變你的位置，
認識新的朋友，
但老問題還是一樣存在。

要真正改變你的人生，
你需要觀照內心，
認識自己，愛自己，
治療腦海中的
創傷與重重制約。

這樣才能從根本解決問題。
內在的改變會產生重大的外在影響。

我不斷被自己的期望打垮

幾乎沒有活在當下
光想卻沒有去感受
只顧著說而沒有傾聽
互動交往卻未曾留心

面帶微笑繼續表演

我的心在感激之中苦苦掙扎

永遠不曾感到滿足
總是錯過眼前的事物

因為我的心裡一直在想像著
我還可以要些什麼

這讓我所得到的一切
永遠不像我想的那麼特別

（身心分離）

創傷之後
我進入生存模式

不知不覺中，我用麻木屏蔽自己的存在

對接納別人麻木無感
對自己內心的煩亂麻木無感
麻木地接受所發生的一切

不知不覺中，我陷入渴望的循環中

渴望安全
渴望滋潤
渴望不再痛苦

我的反應又大又激烈
任何不合我意的事
都被視為潛在的威脅

我集中注意力
保護脆弱的自我感
幾乎沒有精力
設身處地為別人想

直到持續的不滿
和從未感到自在心安的虛脫
我才開始擺脫身心分離的生活方式
最終對恆久的防衛狀態說「夠了」

（覺察之前）

你的精神內耗
會不斷溢出
進入你的感情關係中

直到你處理過去的情感經歷
理解它如何塑造
你的自我、感知與反應

做適合自己的事。
一遍又一遍反覆去做。
向光明靠攏。

再怎麼困難也要堅持下去，
尤其是在困難重重的時候。

不要讓懷疑阻止你。
情緒低落時，要相信這個過程。

讓成長成為你的使命。
讓療癒成為你的回報。
讓自由成為你的目標。

每個人都可以從自我療癒中受益；
即使是沒有經歷過嚴重創傷的人
或多或少都為沉重的情緒苦惱過

心靈會敏銳地感受到這些時刻
它們往往會向外擴散
影響我們的思維、感受與行動

儘管我們可以學會對付精神緊張
以及引起躁動的意外變化

透過深入觀照內心
也許我們能夠治癒舊傷
還能釋放從前的痛苦

透過深入觀照內心
也許我們會得到蛻變的勇氣

使頭腦更清明
更幸福
更有耐心
更誠實
更有大愛

在艱難的日子裡記住幾個要點：

保持耐心
接受自己的感受
不要懲罰自己
確保自己有好好休息
給自己足夠的善意
當天完成的目標小一點
做些能讓心靜下來的事
一時的不如意不等於一生失意
掙扎可以成為深度成長的空間
眼前的不適不會是永遠的

看清楚別人之前
自己必須先有所覺
你的大腦會忍不住用兩種濾鏡
用過去所受的制約
還有目前的情緒狀態
過濾它所看到的

有時候你會心甘情願地心碎，因為很顯然地，你們的伴侶關係已經走到了盡頭。有一段時間，你們之間配合得天衣無縫，但是隨著時間過去，你們的道路開始出現分歧。互相妥協變得很難，你的心不再有歸屬感。你們只能不斷地努力嘗試，然後才會叫停，換一個新的方向。儘管前途未卜，但是你知道獨自前行是成長和自由所需要的。

花點時間了解
自己真實的感受
而不是任由過去的模式牽著你走
這是你能做的事之中最真實可靠的

到現在為止，我幾次和另一個人組成一個家，總是希望它能成為一個長久的避風港。風風雨雨來來去去，家總會顯露出缺點，最後還是分崩離析。徒留對悲傷的恐懼和不想要重新開始的空虛感，我終於明白，如果我在自己的內心建立一個家，一座用我自己的覺性與愛打造的和平殿堂，它就可以成為我一直尋尋覓覓的避難所。

有時候，人們會因為沒有處理好個人的問題，凸顯了他們覺得不好的地方，而去結束一段良好的關係。有時候，人們會因為沒有意識到自己的投射，也沒有做好欣賞美好事物的準備，而去拆散一個家。

自我療癒，
不僅僅是為了讓自己茁壯成長，
而是要確保未來與你相遇的人
更安全，免受傷害

雖然不容易做到，但是這個道理很簡單：

我們愈能治癒自己的傷，就愈不可能造成有意或無意的傷害。人際交往不可能盡善盡美。我們個人的感知與情緒變化難免會造成誤會和意外的痛苦，但是如果我們能夠彼此有慈悲心，就能彌補需要撫慰的傷害。

我們常常將自己的緊張轉嫁給別人，卻不明白它本來就不是我們的。有人把它傳給我們，於是我們把它傳給下一個人，那個人再傳給下一個人，直到它落入有辦法處理它並放下的人手中。我們之中樂於接受內在修練的人愈多，在人類所構成的這張巨網中就會出現愈多點，讓傷害無法蔓延。

停止對自己和別人造成傷害所需要的自我覺察，不僅是了解我們內心的機制、創傷、自我投射的時刻，或是我們的反應如何影響自己的感知，同時也是花時間去了解，社會在未經我們同意之下強加給我們、在我們腦海中編造的內容。

對自己徹底誠實是個起點。這樣可以幫助我們克服許多情結，幫我們看清楚還有很大的進步空間。但是為了找到問題的根源，更進一步深入，尤其是深入潛意識，裡面有許多舊模式潛伏在其中，我們需要找到一種練習方法，幫助我們處理並擺脫這種制約。我們不需要重新發明輪子。已經有許多行之有效的做法，幫助成千上萬的人在他們的人生中邁出真正的步伐。我們的任務不過是搜索並找到自己適用的方法，然後致力於內心的探索之旅。

當療癒深入時
有時候會爆發情緒
之所以發生
是為了清除過去的能量碎片

在真正平靜下來之前
最是心煩意亂

人與人之間不僅驚人地相似，卻也大大地不同。我們擁有相同的心理和情感基本架構，但是因為沒有人的人生經歷是完全一樣的，所以我們受到的心理制約又截然不同。人生的曲曲折折與彎彎繞繞、我們感受到的反應、我們理解與誤解的事、我們相信的一切、我們如何看待自己和世界、影響我們行為如迷宮般的模式、不同程度的創傷——你可以一直細數下去，看出每個人都有自己的內心世界和與眾不同的情感經歷。

由於我們是如此不一樣，可以幫助這個人痊癒的方法不見得能幫上那個人。對有些人來說似乎太難或太容易的，對其他人來說可能剛好很合適，或是以後的人生可能適用。幸運的是，我們生活在一個愈來愈容易取得療癒工具與實行方法的時代。只要我們努力，就會找到能應付制約我們的方法，還有讓我們覺得有挑戰又不至於難以承受，能與我們的直覺產生連結，而我們又願意花時間去學習與實踐的方法。選擇這麼多，從許多不同形式的冥想到各式各樣的療癒方法，還有許多其他方式。

這不是要你在真正感到情緒騷亂的時候故作淡定；而是接受已經發生的事，不去徒增緊張。

意識到自己犯錯
並且不怕道歉的人
更容易讓人信任

這表示他們夠謙遜
樂於接受成長

新的開始始於寬恕
當改變後的行為變得穩定
信任就會大大加深

我們都不懂得
如何去處理衝突
不讓它惡化下去

我們從未想過要吵架，
卻一直在爭吵
因為當內心充滿過去的痛苦
它就是會這麼做

我們說的那些話都是無心的
不過是反映
兩個不完美的人爭強好勝之下
升高的火氣

如果我們的目標
不只是尋求伴侶之間的和諧，
同時也尋求兩個個體之間的和諧
有多少關係的結果會不一樣呢？

有時我們會懷疑，為什麼改變自己與自我療癒需要花這麼長的時間，為什麼同樣沉重的情緒還是不斷湧現。我們並沒有意識到，這一生當中，尤其是在情緒激動的時刻，迅速累積模式的速度有多快。經過多年重複同樣的行為後，我們需要時間來改變並採取新的反應。我們數得清自己感到憤怒、悲傷、沮喪、焦慮等等的次數嗎？當我們記住這種反覆的循環，有助於支持我們在繼續放手的過程中保持耐心，在深度療癒的時刻真正放開過去的殘餘。

人生最需要培養的特質之一是決心。

有時候你就是需要堅定立場，
開口說：

「我要朝著這個新方向前進，
不論什麼人或是什麼情況
都不能阻止我。」

大轉變需要一個開端。

真正的對話
沒有自我投射
或是自我炫耀
是一份特殊的禮物

大多數人不是為了傾聽而交談；
他們開口說話是為了被傾聽

彼此之間
要做到真正且誠實的交流
需要自我覺察、無私，
還有真正想要傾聽的欲望

會發生溝通不良與衝突，是因為我們沒有建立理解的橋梁。通常在激烈的對話中，我們能想到的只有自己的觀點、情緒或自我。這麼一來，就限制了我們對他人經歷感同身受的能力，而理解正是帶來和諧的先決條件。我們可以送給彼此最好的禮物，就是*無私的傾聽*，也就是去傾聽別人的真實想法，而不將自己的情感或說法投射其中──真正地完全接受另一個人的觀點。

在特殊時刻，我們可以輪流深情地注視對方。在這裡，我們不只是交流，而是在對方袒露真情的時候，我們*擁有共同的空間*。這是一種更高層次的傾聽，包括充當另一個人的共情聽眾，而不打斷或加入我們自己的觀點。當我們為彼此留出空間時，心靈會變得更加開放，真相也會隨時顯露出來，舊有的緊張關係也會浮出水面，這樣不僅說話者，傾聽者也能看到並掌控這種關係。這種對彼此真相的尊重，療效令人難以置信。

我信任這樣的人,在他們身邊讓我感到自在:他們不怕面對自己的脆弱;自信地活在自己的力量與溫柔中;盡量不去傷害別人;認真對待自己的成長與療癒,還會謙虛地說:「我不知道。」

沒有答案也沒有關係

你可以做到最勇敢的一件事
就是大膽擁抱未知，
接受你的恐懼，
繼續前進

明確的使命
不一定總是有明確的道路

這種情形有多少次了：
你的大腦
拿到一小片不確定的消息
就圍著它編出一個故事
最後耗盡你的心思？

心靈傾向於自我保護，但是防禦態度容易滋生焦慮。出於謹慎，我們會把心力集中在不確定的訊息上，編造故事，這些故事可能會導致不必要的恐懼與精神緊張。在我們急於下結論之前，花點時間留心，就能讓我們免於憂慮和悲傷。

我們可以透過自我覺察開始留意，自己在什麼時候想太多了。將我們的意識從靠不住的雜念這種精神混亂中拉出來，帶回到當下，這個簡單的舉動就可以保存我們的能量，減少我們感受到的精神內耗。

確切地說，自我保護並沒有錯，但是觀察我們採取防禦姿態的頻率會很有用。如果我們只是一味地防禦，肯定會妨礙內心的平靜。

我們之中有太多人將過去所受的制約投射到新的情況。反應來得很快，而且還是基於過去的看法；使我們想要以公正與客觀的方式處理正在發生的事，變得充滿挑戰。如果你想清楚地看待事情，就利用自我覺察，有意識地把過去拋到一邊，用新的視角看待事情。重新調整注意力，保存精力。

自我覺察就是注意
自己思維的節奏

去感覺它們何時清晰
何時不同步

知道何時該認真對待
何時要放手

不是每一個想法都是寶貴的；
大多數的想法不過是
衝動情緒
反應的聲音

真正的成熟是觀察自己內心的騷亂，在你將自己的感受投射
到周遭發生的事情之前，暫停一下。

當你不喜歡某人的所作所為，悄悄地對這些行為產生敵意時，你不僅是給自己增加負擔，也在強化未來的憤怒反應。意識到糾結於已經發生的事情無法改變過去，但是平靜的心肯定對你的未來有幫助，這就是進步。

有時候行動要慢
動起來才有力量

現代世界的節奏如此之快
快到讓你覺得跟不上會有壓力

別管別人都在做什麼
以你自然的速度前進
將幫助你做出更好的決定
提升內心的平靜

問問自己：

這是我真實的感受，
還是過去的情感經歷在試圖重現過去？

隨著自我覺察的加深，我們開始明白，我們是什麼樣的人與我們的世界觀，有很大部分是經由過去的情緒反應累積而成的。這些感覺強烈的瞬間會在我們的潛意識中留下烙印，使我們容易重複某些行為。

心智的快速運轉是如此微妙，讓我們感覺眼前的命運是自己造成的。實際上，過去不斷地將自己推入現在，使我們傾向於複製過去的情緒與思維。精神上對過去的堅持留給我們很小的空間，讓我們無法判斷自己真正想要的感受。過去不會考慮到事情的真實情況。

模式可以累積，同樣也可以被釋放。放下是可能的，只是需要勇氣、努力、有效的療癒技巧與堅持不懈的練習。心靈廣大無邊；舊有的模式創造了過去，所以需要時間才能打破。當我們開始培養自我覺察與平靜的心態，嵌在我們潛意識裡的說法與模式就會開始浮出水面，得到釋放。

當我們探索內心，可能會碰觸到內心特別堅硬的那層，這是
制約作用經過厚厚加固強化後的沉積。當我們擺脫層層堅硬
的內殼，往往會感受到放下之後對個人生活的影響：昨日的
風暴或舊時的沉重感就會浮上表面。當我們敞開心靈去解決
被制約的作用，可能會覺得自己處於心神不寧與不和諧的邊
緣。真正的成長是意識到這些時刻，在風暴經過時溫柔地對
待自己。

要看清楚自己的隱藏模式，需要有意識地培養自我覺察。質疑自己的感知能力，建立慈悲且誠實的內心對話，深入挖掘自己真正的動機，同時還要謙遜，知道自己還有很多要學的。自我覺察與行動相結合，開啟了真正改變的大門。

智慧就是接受
有些事情無法強求：

一旦準備好了，人就會改變

創造力有它自己的節奏

療癒並沒有時間限制

一切就緒時，愛自會綻放

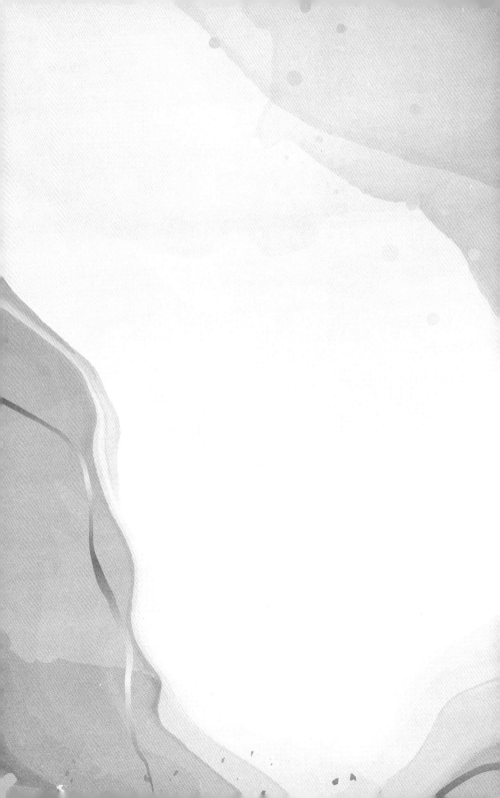

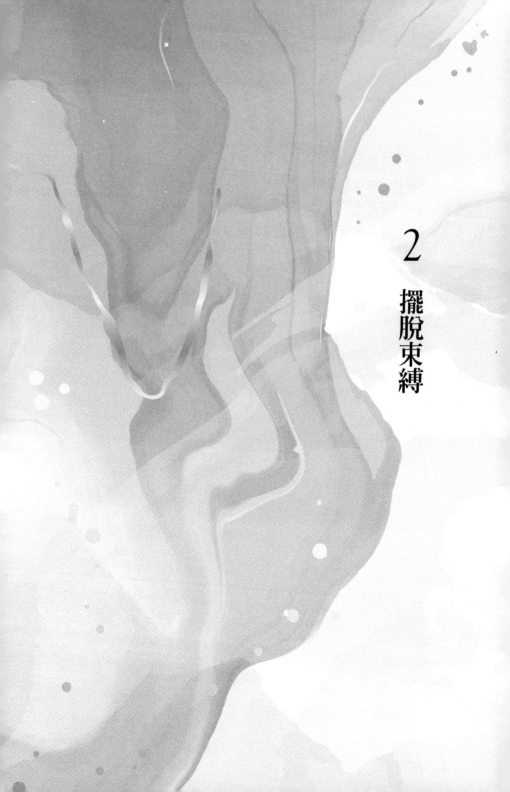

2

擺脫束縛

時間不會撫平所有傷口；時間只會給它們空間，讓它們沉入潛意識，繼續影響你的情緒和行為。療癒是走向內心，愛自己，接受自己，聽從自己的需求，處理自己的執著與情感經歷，學會如何放手，遵循自己的直覺。

有時候我們會覺得時間好像幫我們痊癒了，其實它真正做到的是教我們帶著傷口活下去。我們不再想著過去的傷害，並不代表傷口痊癒了。時間的流逝讓最初在意識層面的東西深深沉入我們的心靈深處，變成安靜而強大的槓桿，迫使我們以某種方式行事。在我們的意識思維之下，仍舊殘存著過往的有害影響。

療癒需要有耐心、坦誠與勇敢地走向內心。如果不處理我們累積下來的潛意識模式，它們會一直存在那裡，一直影響我們的思維、語言與行為方式。累積下來的創傷與制約會限制我們的靈活度，讓我們陷入不斷重蹈覆轍的循環中。

心碎不見得都是悲傷的結局；有時候它會引起脫胎換骨的轉變。它會為你開啟一扇大門，讓你真正愛自己，情感變得更成熟，懂得什麼樣的伴侶才會真正支持你的幸福。

放下並不代表你已經放棄了，也不代表你不在意。它只意味著你正在放下過去的執著，這些執著阻礙你的幸福與心智清明。放下是鬆開與擺脫束縛你的舊行為模式，它會讓你陷入不必要的精神緊張與擔憂之中。當你可以接受事情沒有按照既定的方向發展，人生就會重新開始。與過去和解能讓你敞開心扉去愛、去冒險，讓你以從未有過的平靜來運用你所學到的教訓。

直到我們的覺察開始擴展之前
我們之中有很多人並沒有意識到
自己究竟受了多少苦

我們看不到自己的幸福有上限
是受到我們一再壓抑的悲傷與創傷造成的

我們並沒有意識到
自己對人生困境的反應阻止我們看清事情
並限制我們的能力
使我們無法生出更有創意的解決方案

我們並不明白
過去對我們現在有多大的影響力

我們內心有許多掙扎都是來自於不能接受變化。當我們明白，從原子到生物再到心理各個層面都在發生變化，緊張就會減輕。人是由不斷在變化的部分組成的。我們的身分也是如此。它是一種動態現象，類似一條河，流動不停、遷移改道、氾濫擴充、咆哮轟鳴、蜿蜒穿梭，無時無刻不充滿力量，始終具有改變的潛力。不要對自己設限，局限在對自己一成不變的了解。解開制約你的條條框框，自由自在無拘無束。

但願每一次遇到有人對你做出錯誤的假設
都會激發你心中前所未有的謙遜與耐性
阻止你在未來對別人做出同樣的事

問問自己：

如果不能有表現脆弱的空間
這樣的關係是否真實？

人與人之間關係的深淺，取決於我們覺得可以多自由地傳遞真正的想法。最深厚的關係是靠誠實的橋梁維繫的。真正的愛會保留空間給脆弱，在這個地方我們可以袒裎相對、不需遮掩，甚至分享尚未完全形成但已迫不及待要表達的想法。

無論是在自己內心，還是在親近的人面前，脆弱要求我們不帶偏見地接受我們的不完美。這是一種慈悲，可以幫助我們用不同的角度觀察我們的故事，希望能將曾經的負擔轉化為更深刻的理解。這也是另一種慈悲，讓我們接受事情的現狀，不試圖去改變它。有時候脆弱只求被看見和聽見。

如果我們遠離自己，對自己不誠實，且充滿未經審視的情緒與制約，自然會覺得無法與他人親近。當我們花時間探索自己的內心世界，放下潛意識裡的思維模式，而這思維模式跟我們想要展現給別人看的不一樣時，我們就會更容易給別人愛的支持。

你有沒有注意到
當你有一股衝動想要去改變別人，
你真正想要的是
讓他們表現得更像你？

你無法與一個抽離自己的人建立深層的關係。

當我們習慣忽視自己的感受，或是一味地逃避自己艱難的部分，不僅是我們與自己會產生距離，與別人也會產生距離。我們缺乏對自我的全盤包容，會使我們與他人之間的互動變得膚淺。即使我們渴望與他人建立深層的連結，這種關係也會受到限制，這份關係的深淺只會和我們與自己的關係相當。個人自我覺察的程度，會或隱或現地反映在與我們相遇的人身上。

如果我們能夠張開雙臂，充滿慈悲地觀察自己的情緒，那麼當別人經歷個人動盪的時刻，我們就會更容易表露自己並支持對方。如果我們能夠接受自己的複雜，當我們深入去了解自己最親近的人，就會更有耐心。如果我們能面對自己的殘酷真相，經歷個人的起起落落，有了這樣的經驗，在感情上就會更有韌性，在一段感情關係遭遇到挑戰時，就能夠明智處理，而不會馬上逃開。

想要過上充實、幸福、關係充滿活力的人生，只有徹底探索自己的心靈與思想領域，別無他法。未知的領域潛藏著分歧的可能，這些地方可能會在我們的腦海中，或是在我們與所愛的人之間顯現。所有未經探索的領域都有可能成為和諧流動的障礙。

當內心的騷亂試圖把我們的注意力轉移到自己不曾探索或不被愛之處，這時候如果我們習慣勇敢地去觀察，練習去接受，那麼我們內心或感情關係產生摩擦時就不會成為障礙。相反地，這些艱難的時刻反而會成為肥沃的土壤，加深我們的關係並完善我們的承諾。簡單地說，努力了解自己只會幫我們更了解別人。如果我們想要活得美好，一定要愛自己。

當你覺得所愛的人成長得不夠快，為此感到心煩意亂時，請記住，你必須慢慢來，才會有真正的進步。管好自己的期盼，明白每個人成長的速度不同，就不會破壞自己的平靜。

有所欲，有目標，
或是有所偏好
都不是執著

得不到自己所求的東西
精神會緊張；
不接受改變或是不放棄控制
這才是執著

當欲望與緊張結合在一起，就會演變成貪求。執著則是指你開始貪求事情非怎樣不可。貪求是一種極端的欲望形式，它會迅速依附於不同的感覺方式，以及產生這些感覺的人事物。當你試圖限制現實中意想不到和自然發生的事件，這也是執著。這是升級版的控制欲。

正如佛陀的教義所說，貪欲本身就會產生執著。對貪求的東西緊抓不放，這種強烈的執著不僅會導致精神上大量的掙扎、緊張和不滿，還會影響我們的能力，無法客觀觀察內心與周遭發生的一切。

願望與貪求不一樣。單純的願望是一種自然的追求，它會集中我們的精力。當欲望加深，變得充滿緊張或壓力，就會生出貪求。求而不得的時候，這股壓力就會加劇。

貪求最終會是心理掙扎與不滿的根源。貪念是一個填不滿的深淵，所以即使我們的執著成功地塑造了現實，我們還是會發現自己不滿足。一旦我們追求的感覺過去了，心會再次貪求更多，因為它最熟悉的就是貪求。

重要的是注意這點，貪求與有目標或有所偏好之間有很大的不同。我們可以追求願望，不因貪念與執著產生壓力。追求目標是好的，也是有益的，但是我們最好明智地追求目標，不要將幸福寄託於未來的成就。

我們不會將幸福與某事的實現連結在一起，就會知道某事只是偏好或單純的願望。當事情沒有按照我們想要的發展，我們接受這個現實，沒有強烈的痛苦或傷害，這時候我們就知道這只是偏好；當我們求而不得，並為此感到精神緊張、痛苦和不幸，這時候我們就知道這是執著。

有時候結局來得很突然
你來不及畫下休止符，
面對如此急劇的變化
你傷心欲絕且措手不及

有一段時間，你活成這樣，
一顆心分裂成兩半
一半在當下，另一半充滿悔恨，
很想知道：「如果當時……會怎樣？」

有一段時間，你的心只覺得悲痛
你的心看什麼都是灰色的

然後生活開始召喚你
回到充滿各種可能的舞臺；
它提醒你並未失去一切
即使一個篇章結束了，
你還有更長的故事要講

隨著時間和用心，
傷口不再感到沉痛，
療癒填滿生命中最艱難的部分，
喚醒你內心的愛之光

假以時日，你會完全回到寶貴的當下
帶著一顆煥然一新、準備好繼續前進的心

有多少次了
當一切轟然倒塌，
讓你覺得彷彿世界末日？

現在，
又有多少次
在悲痛過後

你又重新站起來，
擁抱決心的力量，
邁向新的生活？

舊有的模式不會輕易放棄。它們會不停地把你拉進重複過去的反應中。但是隨著時間過去，經過一段時間不去餵養它們，並且不斷地練習暫停和反應的能力後，這些模式就會變得更弱、更容易擺脫。它們可能仍會偶爾出現，成為一種選項，但是威力大不如前。這就是轉捩點，是改變一切的轉折，是你一直在等待的躍進，是當你清楚地意識到自己已經擺脫過去、進入新生活的勝利，這個階段的你已經足夠成熟，可以有自覺地做自己了。

當我的心靈
覺得晦暗與陰鬱
學習如何呼吸
保持狀態

接受這個逝去的瞬間
沒有壓抑
或是持久的恐懼

知道浮雲飄過我
不要定義我是誰
或是我將成為誰

學習放下的藝術
一直是我心中追求的技能

現在我明白自己是一條河
不斷在改變
朝著完全自由的方向
緩緩流去

他們問她：

「什麼是真正的幸福？」

她回答：

「幸福並不是滿足每一種快樂，也不是每一個結果都如你所願。幸福是能夠心平氣和地享受生活，而不是不斷地渴求更多。它是擁抱變化帶來的內心平靜。」

（存在）

我們往往渴望人生有所改變，卻又拒絕自然而然發生的變化。這是反覆帶給我們痛苦的處方。一顆充滿執念的心會渴望實現願望，還會努力嘗試將世界塑造成希望的樣子。

當我們被自己的執著掌控時，不僅會失去心靈的平靜，還會錯失享受生命自然發展的機會。事實上，我們熱愛和欣賞的一切皆因為不斷變化而存在。如果沒有變化，生命本身就不可能存在。

一旦能夠愛自己，也愛這個世界，同時欣然接受並欣賞變化，真正的幸福就會降臨。這不意味著我們應該像石頭一樣活著，任由變化的河流淌過我們的身邊。愛自然而然會促使我們嘗試以增強愛的方式去塑造這個世界，但是智慧也告訴我們，不應該執著事物要以某種方式存在，因為變化總會到來。

接受不好也沒關係
雖然不會讓事情自動好轉，

但是它確實可以阻止你
在已經很困難的情況下
徒增更多緊張

接受不好也沒關係
有助你放下

當你以輕鬆、接受與平靜的心態，面對艱難的感覺與煩躁的想法，它們就無法主宰你的生活。有時候，從前的這些印記會在內心深處引起不舒服的感覺，這些感覺一直受到禁錮，突然間有了它們需要的空間，可以瞬間生起又消失。「放下」有一個重要的環節，就是去感受它而不去強化它——你可以誠實面對湧上心頭那份沉重的情緒，選擇不把它表現出來，或是讓它變得更糟。如果你能溫和地面對自己的不舒服，它們就會消融，讓你變輕鬆，也給你更多空間站在智慧的角度採取行動。你只需要做到在放下的緊張時刻，坦然接受自己不好也沒關係。

拋開在痊癒之前需要暫停自己人生的想法；這種想法是追求完美的另一種執著。當你在生活中做出更好的決定，就會進步。你可以同時治癒你的過去，並接受當下。

這種情形發生過多少次了？
你無法充分享受特殊的時光
只因為你無法不去想著
自己錯過了什麼

當你遇到沮喪又逃不開的情況，不妨將你的精神能量當作寶貴的資源。不要用更多躁動不安加劇你的挫折感，這只會讓你的頭腦更混亂、更疲憊，要意識到變化最終會抹除這一切。

許多情緒反應與眼前發生的事情無關。它們其實是從以前積累下來的舊情緒——當熟悉的情況發生時就會出現的模式。

心靈試圖用被制約的方式去看世界。我們的感知能力將正在發生的事情分類並理解，找出與過去的相似之處，藉此理解當下──這樣一來就創造出一套重複的系統，強化舊有的模式。我們通常無法全然清楚地感知新近發生的事，因為與過去相似的情境會引發舊有的情緒反應，迅速蒙蔽大腦，無法客觀觀察正在發生的事。我們看到的是今天，同時也感受到每一個昨天。

當創傷成為你對自我認同的一部分，就更難治癒。定義你如何描述、定義自己，需要改變。承認你的過去固然很重要，但是努力修練，鬆開舊有模式的束縛一樣很重要，這樣你才能超越。讓你的自我意識保持流動有助於你的幸福。變化一直在發生，尤其是在你的內在。

期望為個人帶來極大的痛苦。我們不斷地敘述，希望事情如何發展，希望周遭的人如何行動。這些敘事老是帶來失望，因為我們渴望的故事往往因為不切實際的期望、無法控制的情況，以及外部世界的隨機性而破滅。

我們忘了是什麼將全體人類結合為共同體，是我們的無知與有待改進的地方。我們每個人身上都帶著制約，這些遮蔽了我們的視野。我們在地球上的時間正好是個機會，可以用來克服精神限制，如不可能實現的期望與想要掌控一切的欲望——這些限制阻礙我們完全的自由與幸福。

當我們審視自己的內心世界時，別人期望我們完美，我們也期望別人完美，這是不公平的，尤其是「完美」往往意味著要別人滿足我們的每一個願望。這個世界到處都是不完美的人，耐心與寬恕變得至關重要。

當你明白
別人都是透過過去所受的制約
加上他們目前的情緒狀態在看你

而沒有意識到，
他們最先看到的是自己，
然後才透過這個鏡頭
見到模糊不清的你

這樣就比較容易
放下別人對你的看法

有時候你可能會覺得
許多以前理解的東西
不再有意義。

這可能會讓你覺得自己好像退步了，
但其實這是一個徵兆，
顯示你正在開啟新的空間
以取得更深的智慧與更強大的感知能力。

當你以前的所知瓦解了，
不見得總會立即被更好或更深入的理解取代。
當你認真對待自己的成長，
經常會發現自己處於這種過渡狀態；
沒有明確答案地活著也沒關係。

成長不是強迫理解；
而是容許它
有機地生長。

（蛻變與增長）

當你擺脫過去的規畫，
你的視野變開闊了，
你曾經喜歡過的東西可能會改變，
曾經造成緊張的情況可能不再困擾你。
當你的頭腦變得更清楚、更輕盈，
世界也會開始看起來煥然一新。
重新認識自己的整合期，
與飛躍期一樣重要。

世界是一個超大型的振動池，
它的能量波來自一切眾生。
我們在修心時，
就是在淨化個人的氣場。
我們不屈從周圍的潮流
而是讓我們內心的東西展現出來
藉此重新取得力量
記住，你最常重複的能量
是你最容易連結的能量。
你的振動一直在閃耀
進而影響你的環境。

重新取得你的力量
就是注意到
建立在假設之上的說法
會讓你精神緊張
同時有意識地讓自己回到當下
斬斷妄想

不是管理情緒；
而是管理你對情緒的反應

我們的反應告訴我們，大腦從過去的經驗中內化些什麼。反應是從潛意識深處生起、保護我們的密集模式。這種防禦形式靠的不是智慧，而是建立在生存之上。當我們開始擴大自我覺察就會開始明白，在混亂的時候，比起重複盲目的行為，我們還有更多有效的選擇，盲目行為產生的結果有限，通常會消除我們的清明與內心平靜。

我們不是要控制或管理自己的感受。我們是要嘗試接受情緒的轉變，因為我們的思維會穿梭於各種情緒之間，從一種情緒轉換到另一種情緒，停在某些情緒上的時間比別的情緒多些，但是仍然在整個人生的經驗裡旅行。

我們會不自覺地立即對強烈的情緒做出反應。我們的反應不僅強化我們感受到的情緒，還會在潛意識中留下印記，累積起來，促使我們在未來又做出類似的反應。

我們可以管好自己的反應，但不是控制自己的感受，而是將覺知帶入這個過程。如果看不清自己，就很難改變。當我們對瞬間情緒的反應開始破壞平衡與神智清醒，這時候覺知之光就特別有用。我們的覺知會照亮黑暗，幫助我們看到更多

的選擇與訊息。

情緒就像宇宙中的萬事萬物一樣無常，當我們記住這點，就
會更容易站在人心的河岸上觀察世事流去。自我覺察幫助我
們克服盲目的反應，這些反應會讓本來就困難的情勢更加混
亂。如果沒有自我覺察，會很難做出與過去不同的選擇。

你最初的反應通常是
你的過去
試圖強加於你的現在之上

了解自己活力的泉源：

你需要多少獨處的時間才會精神飽滿

還有能提升你創造力的活動

以及能照亮你靈魂的人

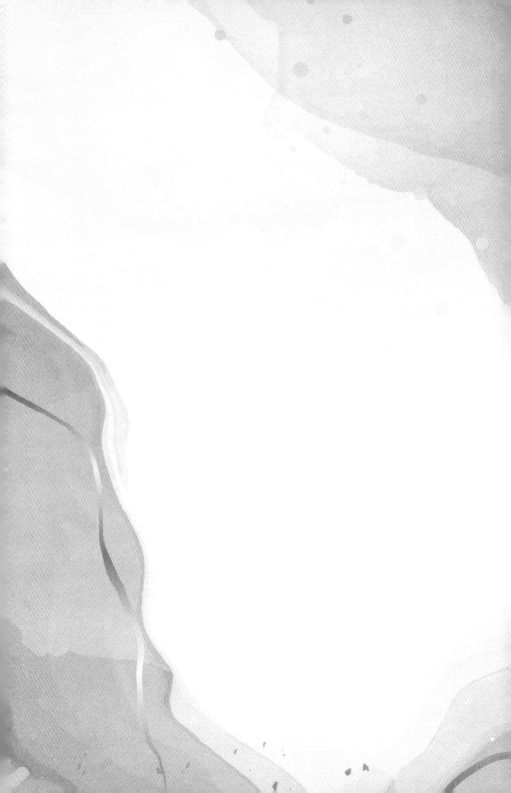

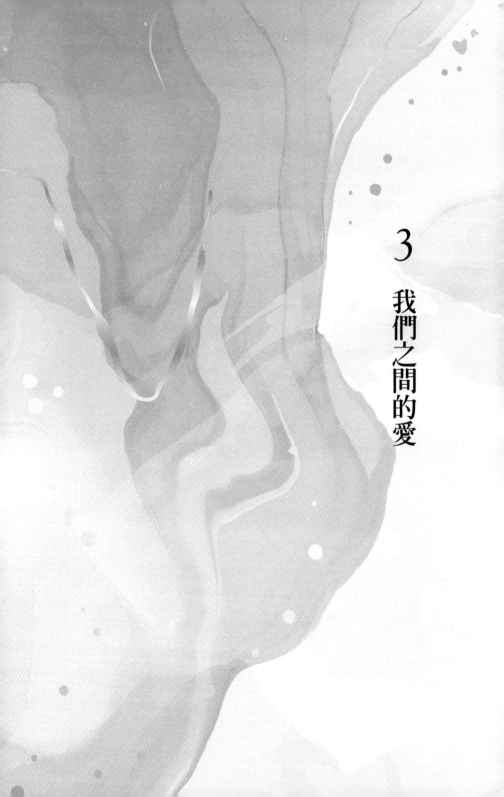

3

我們之間的愛

三點想法：

一段關係通常始於兩個人想要善待彼此。如果其中一個人不知道如何管好自己的情緒反應，就會造成傷害。如果你認為你的情緒就是你這個人，那麼你的言行舉止就會像你的心神不寧一樣不穩定。

在人與人的關係中，重要的是明白對方無法解決你的情緒問題。他們最多只能在你發掘與處理自己的情感經歷時，為你提供支持。

世界上沒有所謂的完美關係，但是有些關係卻令人難以置信，其中彼此的連結與支持之深刻難以形容。

有時候你需要經歷好幾次心碎
才能以重要且健康的方式變得獨立。
心碎告訴你
你的自我價值與完整
不應該取決於別人的話語或愛。
將傷害當作一張通往內心的地圖
尋求自身的療癒
激發自愛。

拋開這樣的想法，認為你必須完全療癒才能和優秀的伴侶建立愛的關係。療癒是需要時間的，我們通常帶著許多沒有解決的問題就走到一起。煥發出和諧光彩的伴侶，是致力於共同療癒和成長的伴侶。

充滿活力的關係
就像一處避難所
在這裡面你很安全
可以表露自己的脆弱
得到滿滿的愛與關懷

一個家
同時支持休息與成長
沒有批判
因為你們雙方都在尋求發展

一段結合
不存在控制
只有互相理解

如果你不了解自己，又很少花時間去處理過去的痛苦，就很容易在關係中造成摩擦與無心的傷害。在沒有處理創傷、不健康的模式與不受控制的反應重壓下，有多少關係就這樣崩壞了？

在雙方都願意接受內在成長的關係中
最艱難的事情之一就是
當你的伴侶揭開厚厚的
陳年制約或創傷
他們必須自己去克服

你看著對方掙扎，面對風暴
卻無法為他們解決問題

你能做的就是保留空間
準備好隨時給他們愛的支持

一段良好的關係有幾個特點：

無私的傾聽
冷靜的溝通
為彼此保留空間
強力的信任，無需控制
真實，無需表演
一起休息、歡笑與冒險
你們之間的愛提升你們的能量
彼此的承諾很明確
有彈性，不需要時時刻刻在一起
雙方都有成長和改變的空間

好朋友的特質是：

有家人的感覺
他們對你很坦誠
他們會提醒你你是有力量的
他們支持你的療癒
他們的存在讓你煥發活力
他們對你的成功抱持願景
他們支持你展開新的探險
他們用歡樂和笑聲鼓舞你
他們激發出你最好的一面

感覺像家一樣的友誼自然而然會令人卸下心防。它提醒我們可以停止表演,將我們真實的感受表達出來。最深厚的關係有接納脆弱的空間。良好的友誼關係是彼此互惠。其中一個人在掙扎時,另一個人就準備好保留空間,願意不加批判、滿懷同情地傾聽。關係深長的友誼彼此之間的連結超越了競爭。我們會把朋友的成就當作自己的成就一樣。為另一個人的成就感到歡喜,沒有嫉妒,是真正惺惺相惜的喜悅。

像家人一樣的朋友很難得。你們在一起的時候，永恆的火花
照亮通往歡樂、共同學習與恢復活力的道路。你們為彼此尋
求幸福，自然而然也為對方的成功感到歡欣鼓舞。

拋開你需要找到完美的伴侶或是零缺點的朋友這種想法。每個人都是不完美的。可以和正在修練內心的人建立連結。他們會在真誠、保留空間、有意識地成長和自我覺察方面修練更多。

坦誠

＋

自然的連結

＋

歡笑與喜樂

＋

真正的相互支持

＋

重拾活力的互動

＋

真實的交流

‖

提升能量的友誼

人生最大的考驗莫過於在你最親近的人遇到困難時，當你放在心上的家人或朋友正在經歷一場掙扎，而你卻無能為力，只能挺身而出，傾聽他們心聲，傳遞你對他們的愛。雖然事情的結果不是你能決定的，但是你可以支持他們、給他們安慰，提醒對方你對他們的愛是真實的，而且不變。

有些關係一開始並不和諧。有一股無法抗拒的吸引力讓這兩個人走到一起，但是他們之間也存在著距離，是兩顆尚未療癒的心造成的。他們內心的空間充滿未知與無形的東西，導致兩人之間溝通不良、產生摩擦，有時甚至造成無意的痛苦。在他們都還無法理解自己的時候，如何能夠善待對方呢？當這兩人都轉向內心，尋求自我療癒與自我認識，轉變就會發生。自然而然地，這會讓他們的關係更緊密，進而提升他們分享的愛與支持。

當雙方都陷入防禦反應中，衝突就會惡化。這麼一來就沒有真正的溝通，只有創傷與創傷相爭。

為了做到真正的溝通，必須停止所有的投射作用。如果雙方都是透過濃厚的情緒在思考和說話，就無法看清楚對方，也會找不到共同點。很多關係和友誼之所以破裂，是因為我們欠缺工具，情感也不夠成熟，無法超越我們的防禦反應。當我們注意到自己的防禦機制，暫停下來，轉進一個更清楚的思考空間，才有機會真正解決衝突。如果沒有可以攤開來不加掩飾的脆弱、耐心與自我覺察，就不可能達成和解。

如果沒有傾聽、坦誠和表現脆弱時無虞的空間，就不會有溝通。當我們有意提高溝通的層次，重點就會從告訴對方我們認為他是怎樣的人，轉變為講清楚自己的觀點與感受。我們當然可以分享互相支持對方的好辦法，但是首先我們需要接受彼此的真相，從這點出發再繼續前進。我們不能強求對方的支持；我們的伴侶需要自願自發做出承諾，這樣的結合才會健康。

盲目的忠誠對誰都沒有好處

支持你所愛之人的無知，
甚至更糟的是，繼續容忍他們對你造成傷害，
是一種嚴重的自我背叛

當你看到你愛的人做錯事
或是走向更深的黑暗中，
不要因為你們之間的舊情牽絆
就跟著對方

你們不需要一起沉淪
你們不需要一起燒毀
你們不需要一起崩潰

即使這樣做可能很難，
有時候你必須聽從
自己內心深處的幸福感
走自己的路
保存自己內心的美好

在一段關係中，成熟並不是期待彼此一直保持步調一致。你
們不會一直同時感覺良好。其中一個人可能比另一個人需要
更多的休息，也可能需要更多的時間療癒，或是更容易養成
新的習慣。每個人自然會以不同的速度成長、學習和行動。

他們問她：

「是什麼讓一段關係蓬勃發展？」

她回答：

「兩個尋求了解、愛與自我療癒的個體，成為一對伴侶，彼此相處就會很和諧。控制會造成緊張，信任則為個體留下空間，同時也為脆弱打開一扇門。冷靜的溝通、明確的承諾與支持彼此幸福的意願，讓雙方的結合更牢固。」

（充滿活力的伴侶關係）

當伴侶偶爾問問對方：

「我如何能為你的幸福提供更好的支持？」

愛會再現活力

能支持你力量的伴侶是無價的；這個人珍視你的意見，對你的夢想滿懷信心，知道你能成就大事。承認你是一個完整的個體，但也準備用愛和奉獻圓滿你的人生。你們一起承擔領導的責任。以溫和而坦誠與開放式的溝通，你們會經常查看，確保彼此充分了解對方，並盡一切努力來強化結合。

一段健康的關係
是指在另一半經歷騷亂時
兩個人都同樣地會為對方站出來

彼此都有能力去傾聽
還能保留空間

彼此都有足夠的自我覺察
自我審視
不會將想法強加給對方

尋求不畏成長的伴侶。如果他們已經準備好留意自己的心理
模式，放下過去的制約，拓展自己的視野，那麼他們將準備
好支持一段充滿活力的關係。兩個努力認識自己並愛自己的
個體，自然會加深對彼此的愛與理解。成長過程起起落落，
卻也是實現美好和諧的關鍵。

當世界發生變化
我們一起走過歲月
手牽著手
隨著我們個人的成長
我們生活在愛中
當我們從青春年華步入成熟
我們會於中途相遇

愛人並不代表
你讓他們傷害你

無條件愛自己與愛別人
是在保護自己與為別人付出之間
取得平衡

尋找全心全意支持你的伴侶，在順境中支持你，在成長與療癒遇到困難時也一樣支持你。不完美的兩個人走到一起會是一種挑戰。不完美有時會造成無意的衝突，尤其是其中一個人在心亂的時候。耐心、冷靜的溝通與無私的傾聽可以幫助伴侶渡過難關。當雙方都轉向內心，專注於培養自我覺察，衝突就會減少。

拋開「伴侶可以讓你幸福快樂」這種想法。他們可以給你很大的支持，對你很好，為你的人生帶來很多美好的事，但是只有發自內心的幸福才能持久。你的感知、療癒、成長與內心的平靜都是你自己創造的。

找一個伴侶能欣賞你的複雜。過去舊有的制約、行為模式、不斷變化的情緒、你真正的目標和直覺的引導——這些流動的組合共同創造出你這個人。當你專注於成長和放下，會有許多層層疊疊需要鬆綁與擺脫。真正的愛是隨著你們兩人的發展而找到新的和諧；你們的愛憎與最新的成長是一致的，所以要花時間檢視，並找到新的平衡。

真正的愛並非總是光鮮亮麗；
而是在關鍵的時候
在你身邊陪伴你
好比當你度過艱難的一天時
另一半靜靜坐在你身邊
握著你的手
仔細聽你訴說
你的煩惱
與內心的掙扎
還有最美好的夢想

關係的發展需要時間。有些人期待馬上進入極為和諧的關係，但是如果沒有深入了解彼此的喜好和憎惡、情感經歷與人生目標，就不可能感情和睦。對彼此了解得愈多，就愈能協調彼此的節奏。溝通有助於將你們彼此的愛意轉化為支持彼此幸福的明確方式。完美不是一種選項，但是你們無疑可以締造美滿的結合，讓雙方都感到安全、被理解與被愛。

爭執開始時
你的目標應該是
達成相互理解

它有助你察覺內心的緊張
正在影響你的理性

留意自己執著的程度
解釋清楚
耐心傾聽

在尊重自己真實的想法
與反思另一半的觀點之間
找到平衡

請記住，成功是
雙方都能感到對方聽見自己的心聲

在一段關係中，成熟並不是期望你的另一半時時刻刻都很快樂。有起有伏是自然的。給彼此空間去感受沉重的情緒，同時保持專注並積極支持對方，這是真愛的表現。感情關係並不是要為對方解決一切問題，而是兩人結伴經歷歡樂與艱難的時刻，彼此相愛，度過變動。有時候，伴侶需要自己親身經歷那個過程才得以變得比以前更輕盈、更自由。

如果我們每次交談，我都能從你眼中看出你聽不進去我的話，那我們要如何進行真正的對話呢？我們停留在你根據多年前的那個我創造出來的敘事上。

建立深層的連結，而不是深深的執念

距離愈近，連結的可能性就愈大。如果我們與某人密切接觸，就有可能產生直覺上的契合。在與某人相處一段時間後，我們可能希望花更多時間與他相處。或者，我們只是擦肩而過。

隨著關係加深，想要善待對方的願望也會增強。我們從陌生人變成旁人眼中彼此幸福的支持者。即使是在家人和朋友圈中，我們所經歷的紐帶建立在連結上，連結基於心靈與生俱來的愛的能力。不過，心靈也有一股強烈的渴望，這股渴望最終會制約我們遇事的感知與感受事物的反應。

我們與所愛之人感覺到深厚的情感連結，往往包裹、摻雜了執著，這不是因為我們想要讓事情變得更難，而是我們內心有一股強烈的貪念與控制欲。執念掩蓋了深厚的連結所產生的真愛。執念阻礙了個人自由，在感情關係中造成許多摩擦。

想要從一段關係中得到些什麼並沒有錯，但是我們絕對不能

強迫對方。相反地，我們應該建立穩固的坦誠管道與冷靜
溝通，讓雙方都能感到被清楚地理解。正是透過這種相互理
解，每個人都會自願致力於支持和諧的關係。

不執著的愛並不是沒有承諾的愛。執著是想要嘗試去控制，
會有內心深處的緊張；自發的承諾則是嘗試去支持幸福與和
諧，胸懷大度。

將你們的關係建立在清楚的溝通與自願承諾的基礎上，而不是建立在期待上

很多時候，我們只會把期待藏在心裡，或者只是部分地暗示自己想要什麼。我們並沒有意識到，透過清楚明白的溝通，找出想要得到支持的方式會更好。當我們直截了當告訴別人，自己需要什麼才會感到安全與被愛，等於給對方為我們展現的機會。

我們都是不一樣的。即使我們之間有了清楚的連結，仍然需要了解彼此的喜惡、長處、過去的情感糾葛與反應模式。

溝通我們的需求、欲望與個人情感經歷，可以為彼此提供更了解對方所需的訊息，同時也有機會感受對方出於自願做出承諾，說：「這些是我能盡力滿足你的地方。這是我能盡力為你展現的方式。」我們透過這種方式，將私人的期望化為承諾的機會。

這裡的差異很微妙但很重要。當雙方都沒有嘗試要去控制一段關係時，這段關係會更和諧。期望往往是執念，想要塑造結果，可能會讓一方或雙方都感到走投無路與無能為力。人與人之間的自由，不論是在感情關係中或是感情關係外的，都是建立在理解與自願承諾的基礎上；在這種情況下，沒有人會覺得自己是迫於無奈而行事。當我們將期望轉化為承諾的機會，就是在感情關係中培養自由。即使做了清楚的溝通與自願承諾，我們仍應小心出現操控行為。控制欲會無聲無息地再次冒出來，有時甚至是無意識的。當你可以輕鬆、不勉強地對一件請求說不，尤其感覺到這個請求超出你的人身安全／舒適／目標範圍時，就知道你的自願承諾受到了尊重。特別是伴侶雙方都在成長和改變時，不是每一個要求都會得到滿足。從本質上來講，自願承諾必須是非強迫性的。

在一段關係中，了解自己的需求並沒有錯，但是如果能夠清
楚地傳達這些需求，這些需求又與對方出於支持你、願意為
你做的事吻合時，就會更容易得到滿足。當伴侶之間出於自
己的意願對彼此做出承諾，就是在創造空間，讓這段關係盈
滿和諧的氣氛。

尋找一個伴侶，可以給你需要的空間讓你做自己。彼此的興趣、喜好與憎惡不同是健康的。你們不需要變成同一個人，向對方證明自己的愛。當雙方都覺得可以做最真實的自己，就知道彼此都在支持對方的幸福。請記住，信任會在沒有控制的情況下綻放，充滿活力的關係應該是在自由與家庭之間取得平衡。

你的伴侶應該接受你本來的樣子
還能幫助你
在深入去做療癒與成長的功課時
感到安全

不是因為他們想要改變你
而是因為他們的存在激發你
鼓勵你茁壯成長
在情感上更成熟

這並不是要在另一個人身上尋找完美，而是要意識到，當你遇到一份真確的關係，它能滋養你，並與你正在尋找的支持類型相契合。迷失在完美的想法中是一種障礙。當兩個人接受自己的不完美，並努力成長為更好的自己時，自然會在這段關係中體驗到更大的幸福。

尋找願意做出明確承諾的伴侶。你們都知道互相支持彼此的
幸福不是什麼神祕的事，而是溝通與行動結合的藝術。你們
對彼此的需求會隨著時間改變。建立定期檢查的生活方式，
你們之間的結合將會保持和諧且充滿活力。你們彼此相愛、
互信與互相疼惜的方式，將你們的關係提升到可以讓你們倆
都深入個人療癒的空間。真愛不懼變化，它擁抱新的成長並
做出相應的調整。

在不做任何假設或投射的情況下進行對話，會讓伴侶之間的關係更親密。輪流認真傾聽，用同理心從對方的角度思考，在談話過程中有意識地審視自己，看看自己是否夠誠實、夠清楚──這樣做會帶來不同的結果，並建立真正的和諧。當雙方都努力在彼此的互動中表現出高度的存在感，就能為真愛創造條件，讓愛超越不和，讓理解冷卻困惑之火。

並不是要找一個情感成熟度完美無瑕的伴侶；而是要找能與你的承諾相匹配的人——不僅僅是對這段關係的承諾，而且是療癒自己的承諾，這樣彼此才能愛得更好、看得更清楚、更有存在感。

尋找一個不需要你演給對方看的伴侶。當雙方都努力做到誠實，彼此積極去愛惜對方，就沒有必要做出虛情假意的行為。真愛就是張開雙臂接納彼此不斷變化的情緒。雖然你們都在努力成就最好的自己，但是你們也明白並非每天是好日子，也不是步步都在向前走。在一段保有高度真實與溫柔的關係中，伴侶雙方都能夠放下心防，感到輕鬆自在。

最深厚的友誼
會在危機時顯露出來

當你的世界天搖地動
朋友會站在你身邊與你一起面對風暴

在萬事萬物看起來黯淡無光時，
他們用自己的光來提醒你
好日子即將到來

在你感覺受到挑戰時，
他們幫助你看見自己的力量

有些友誼是如此深厚
你們在一起的時候
感覺就好像
進入另一個空間：

一個讓你們都感到自由與安全的地方
分享最真實的自己，

這是一個時間停下腳步
喜悅無限洋溢的家。

這樣的朋友無可取代：

高度重視你的信任
欣賞你的坦誠
自然而然相處感覺像家人一樣
當你改變了依然愛你
能輕鬆自在與你一起歡笑
碰到困難時為你保留空間
支持你的幸福與安全
幫助你相信你的自我價值
鼓勵你愛自己並了解自己

在一段感情關係中，真正的成熟是在你感到心事重重，想要把焦慮歸咎給伴侶之前，讓對方知道；公開說出你正在經歷的動盪，可以讓你知道它的存在，也可以讓你的伴侶知道，是時候支援你或留出空間了。

有些朋友在你的故事裡占有特殊的地位。他們在你困難時陪
伴你；在別人看不到你時清楚地看見你；在你相信自己之前
就先相信你。這種連結鼓舞你向上，很是寶貴，而且很容易
延續一生。

真愛會接受你本來的樣子，同時也會讓你覺得舒適，幫助你擺脫過去的自己，成就更好的你。許多人在進入一段新的關係時，一半療癒了，另一半還帶著傷，是生機勃勃與奄奄一息的混合體。當彼此的連結是真心的，支持明確的承諾，兩個人都可以開始深入進行個人的療癒，展開並釋放蟄伏在內心深處重重疊疊的故事。個人療癒的進展最終會提升伴侶之間的共同喜樂。

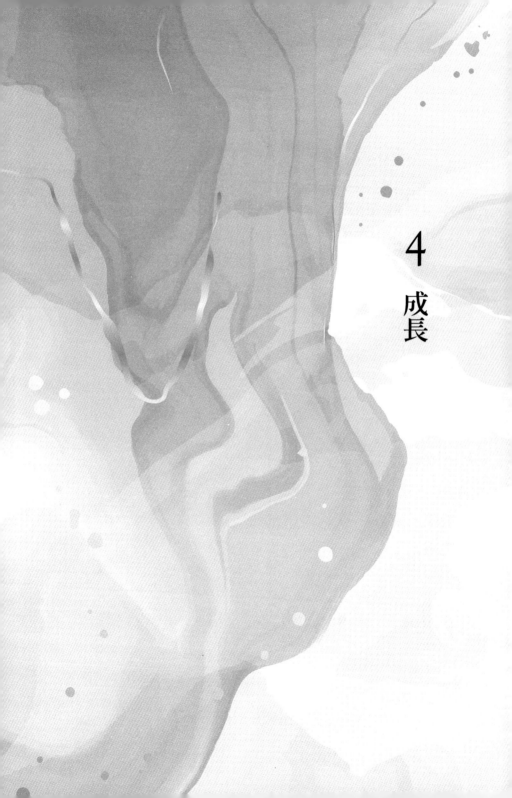

4

成長

最終你開始看到變化。你的心變得更輕盈，樹木看起來鮮翠，你呼吸的空氣感覺像是會帶來新契機，人生的調色盤上呈現出新的色彩。人生還是會繼續起起伏伏，還有很多要學習的，只是你現在很平靜，不再畏懼過去的風暴，這些風暴似乎會更快過去。一種新的意識出現了，輕輕地提醒你，你的力量由你掌握，同時準備好推動你走向和平與解脫的洞見。

你每褪去一層舊的創傷、制約或傷害時,就準備好迎接一個新的自己。一旦放下,你的視角與興趣也會發生轉變。當你踏上追求更高的意識、幸福與平靜的旅程,轉變是自然而然的。

目標不是療癒
然後開始新的人生。
目標是接受療癒
當作終生的旅程
同時讓真正的連結
在一路走來的路上
自然地出現。

在深深敞開心扉之後，或長時間經歷一連串的情緒高漲之後，感到心累是很常見的。做好準備，靜下心來獨處，才能徹底恢復活力。你可以不用一直那麼嚴肅認真。

真正的勇氣是聽從你的直覺
即使是社會上和生活中的人都反對你那樣做

有許多忠告是出於恐懼，
世人希望你隨波逐流
做一般人做的事

經過深思熟慮的冒險不是魯莽；
是無畏

思想不走極端；答案很少非黑即白。善巧的行動就是在矛盾
的選擇中找到出路。超越表面，深入細微之處，才能找到解
決之道。明白人生是複雜的整合體。一切皆是因地制宜，更
是多重線性的。找出中道，挑戰自我去深入思考。

付出愛，但不要耗盡自己
保持淡定，但不要變得消極被動
有耐心，但不要退而求其次
相信自己，但不要心生傲慢
放開去愛，但不要強求建立關係
有目標，但不要追逐每一個貪念

凡有所疑時，請記住你擁有：

拒絕的權力
忠於自我的真實
不斷學習的耐心
繼續嘗試的毅力
擁抱變化的勇氣
無私奉獻的無懼
陶冶淡定的智慧
實現抱負的勇敢
增進友誼的坦誠
遵循直覺的覺知
不重蹈覆轍的聰明才智

他們問她：
「放下是什麼意思？」

她回答：
「放下並不意味著抹去記憶或無視過去；放下是指你不再對曾經讓你感到緊張的事情做出反應，同時放開黏著於某些想法上的能量。它需要自我覺察、有意識的行動、練習和時間。放下是深入了解自己的行動，因而所有的妄念都因此消失。」

（存在）

並不是指望你的伴侶讓你快樂；而是在清楚地告訴對方，在你為點燃自己的幸福而向內走時，他們可以支持你的最好方法。

抹除記憶或改變過去是不可能的，但是你可以停止過去的行為模式，減低盲目反應的強度，學會擁抱變化，接受所有生起的情緒，自我覺察，並強化良好的習慣。療癒是有意識的行動再加上時間。

深陷在其中的時候
很難看到自己的進步

在你被懷疑控制之前

審視自己成長多少
又有多少成就
只要在精神上後退一大步
就能看清楚全貌

與自己所愛的人在一起會感到很安全
我們會常常與他們分享
緊張、壓力、恐懼，
我們的悲傷，
甚至憤怒

但我們要記住
也要給他們最好的自己，
快樂和幸福，激情與平靜，
關注與照顧

感恩使你快樂

執著會讓你掙扎

溫柔彰顯出內在的智慧

苛刻暴露出內心的混亂

冷靜有助於做出正確的決定

獨處有助於轉變

成長最重要的是：

適當的休息
多學習
一貫的誠實
養成新的習慣
放下過去的故事
拒絕舊有的模式
相信自己可以改變
對支持的人說「好」
審視自己的情感經歷
找到方法療癒過去的傷痛
抽出時間培養自我覺察

我們經常把時間花在為明天而活，急於尋求結果，而這只有透過不斷的努力才能慢慢累積。尤其是在個人的轉變方面，我們忘了，建立新的生活方式並不是一蹴可幾或輕而易舉。一座堅固的和平殿堂，基礎牢靠，經得起風風雨雨考驗，並不是一朝一夕建成的。

對未來的預期妨礙了我們對當下的認知。心有一半都在憧憬未來，部分地沉浸在夢中——而只有尊重此時此刻我們眼前的一切，這個夢想才能成真。

我們的每一次呼吸都發生在當下。成長的每一次進步都發生在當下。只有對當下的觀察，我們才能從感受大自然真理的過程中累積智慧。即使我們正確地審視過去或是計畫未來，所能接收與整合的有用訊息也是在當下取得的。

當我們定下目標時，就是在為成長奠定基礎。從那時候起，在瞬息萬變的生活中，我們抓住機會調整行動，引導自己朝著理想的方向前進。但是如果我們不尊重和重視每一次小小的勝利，對支持自己轉變的行為不能心存感激，那我們將會缺乏練習去充分領受更大目標的實現。

記住，總是渴求特定的結果是一種束縛，不僅限制我們的進步，也會加劇我們的無力感，不懂得感恩。貪求的相反是對當下說「是」和「謝謝」的感恩之情。

你不需要伴侶
才能感覺完整
你不需要想通一切
才能感覺到成功
你不需要完全療癒
才能感到平靜
你不需要完全開智
才能感到快樂

擁抱真實的自己
強化自己的價值
減少內在衝突

擁抱我們現在的樣子，會讓我們更容易走向更好的自己。個人的持續成長需要保持平衡。如果我們討厭現在的自己，就會拖慢進度──憎惡會加劇內在衝突。雖然全然誠實地接受我們的現狀可能會很難，因為承認自身的缺點不容易，即使是對自己，但這是邁向真正改變重要的第一步。

如果我們能夠接受自己的不完美，明白我們的制約限制了我們對現實的感知，就能讓我們更輕鬆地展開修練，消除根植在腦海中的過去。有一條中間道路，我們可以認識到自己想要養成的特質，而不會在自我分析中增添嫌惡的緊張情緒。擁抱自己並不意味著自滿；而是展開一段旅程，讓自己的心智更清明，更愛自己與其他人。

個人成長最明顯的幾個表現就是更自愛、更自覺、更熱愛眾生。內在修練並不是要把我們變成隱士，也不是把我們變得更自我中心。如果我們的仁慈寬容只保留給自己，那就有問題了。如果我們真的努力增長內心的平靜與智慧，對他人感同身受與慈悲的能力也會增強。

內在的修練同時使我們變得更強大，也讓我們更謙遜。我們找回自己的力量，更容易地追隨我們的使命，同時也認識到自己的感知有多麼容易出錯，我們還有很多需要學習的。

當我們向內自省，才會意識到社會對我們的制約有多強，使我們的偏好發生微妙的改變，並慢慢形成無意識的偏見。我們自以為不偏不倚，但是我們過去的記錄（即我們經歷過的所有互動、消費過的所有媒體），時時刻刻都在影響我們的思想與行動。真正的自由是觀察世界的能力，不讓個人的過去強加在我們遇到的事情上。在這最高境界，客觀與無私的愛融為一體。行動會帶來改變。

真正的朋友知道你有各種表達方式、
心情，以及多面的性格

他們接受你原本的樣子
也不想要你表演

他們知道
真實不是一遍又一遍地做同一個人；
而是在你走跳人生時
允許你有所改變

按照你知道
適合自己的進度去療傷

對別人有用的辦法
不見得是你需要的

每個人都有
獨特的情感經歷

不舒服是成長的一部分，
但是持續感到不適
並不健康

自愛是
在認真的內在修練與休息和放鬆之間
取得平衡

經過一段時間的認真成長後
常出現緩慢時光

你不該害怕
要把它視為機會
去認識新的你

隨著你的成熟，你會蛻下很多層
有時候你會發生徹底的改變，
你的身心感覺就像一個新的家

緩慢時光是為了更新與整合
最近學到的功課

但緩慢的節奏往往是
檢驗你成長多少的方法；
這是觀察你進步的重要時刻
留意自己還需要進一步努力的地方

內心的平靜不是：

自始至終感覺完美
或是對正在發生的事不聞不問

內心的平靜是：

感受自己的情緒並與它同在
而不做出反應；當你擁抱變化時
這樣的平靜就會出現

六件事可以讓內心更容易平靜：

不害怕改變

善待別人

對自己誠實

有意識的行動

自我覺察

感恩

生活是艱難的
充滿意想不到的挑戰

即便如此，你也要問問自己：

有多少不必要的壓力和精神緊張
是因為你自己在腦海裡
製造假設和重現恐懼
所造成的？

有多少次在事情發生變化時
你拒絕放下並適應？

有多少的心煩意亂
是你強加給自己的？

讓我們不要再把對方當成機器。如果別人沒有馬上回覆你的電子郵件也沒關係。不要指望每則簡訊都能迅速得到回應。網路和社群媒體急劇加重個人精力的負擔。做個人，慢慢來不用急。

當許多人都在努力爭取別人的關注時，不妨往內看，激發自我價值，讓自己免於心浮氣躁。社群媒體可以成為靈感的載體，也能加劇你的不安。注意你消費的內容如何影響情緒。

說「不」最困難的地方就是可能會讓別人不開心。如果你知道自己的道路和專注的重點，就需要留意自己的極限。節省精力，才能完成你清單上最重要的目標。熟悉內在修練的人會理解並尊重你說不的權利。

有幾天我迷失了方向
往事洶湧襲來

過去的衝動遮住我的雙眼
趁機占據我的心靈

我讓自己捲入
昨日的颶風中

體驗我的老家
重溫它的四壁與局限

再次感受到
我會決定繼續前進的所有原因

歡樂很空虛
曾經的樂趣變得乏味

對最近有所發展的我來說
這個家小到讓我無法住得舒服

我為自己後退幾步
感到十分內疚

但我突然意識到
重新體驗
這些過去的模式與生存方式
是我需要的動力
最終我才能關上門
不再助長那些行為
造成我在原地踏步

他們問她：
「什麼是真正的自由？」

她回答：
「自由是頭腦清醒與內心平靜的結合。自由就是你能夠在不做任何投射的情況下看清楚，還可以在不給自己造成不必要的精神緊張或壓力下生活。只要你不再貪求更多，它就存在。幸福與自由是一體的。」

（清醒的心）

不時問這三個問題
檢視一下自己：

這是我想要前進的方向嗎？

我最近做的選擇對我的幸福有幫助嗎？

我可以改變什麼來更好地支持我的目標？

運用大地的力量

樂於付出
立足於自己的目標
在混亂時期保持堅定

培養水的特質

在生活中溫柔前行
隨時取得你的力量
靈活與毅力會提高成就

實踐火的教導

將你的經歷轉化為光
夠強大而界限分明
覺察自己何時需要更多燃料

內化氣的價值

放下你的期望
擁抱不停運轉的變化
眼見並非一切；感受才是重要的

（平衡）

情感成熟
就是懂得
自己真正的需求與一時的貪念
這兩者之間的差別

你的需求幫助你
生活在最好的狀態
並支持你的幸福

貪念所反映的
是你的煩躁與執著；
它們讓你感到不滿
想要得到更多

留意別讓療癒變得太複雜。過去的就不要再想太多，也不要反覆重新去想著每一次的創傷。自我意識與當下更有關係——如果你現在就能看清楚自己，就更有可能採取明智的行動。進入並療癒過去最好的方法，就是不要在這個當下逃避自己。

收到不請自來的忠告是最好的測試之一
也是自我審視的好時機。

他們這樣說是為了我好，還是為自己的利益著想？

這個建議符合我的直覺嗎？

即使他們的建議感覺不必要
我還能以耐心與慈悲心相待？

最難掌握的技能之一是：
對自己說不
這樣你才能站起來，展現更了不起的自己：

對分心或無法貫徹始終說不

對只會讓人回到過去的模式與方式說不

對只做容易的事說不

對懷疑與恐懼說不

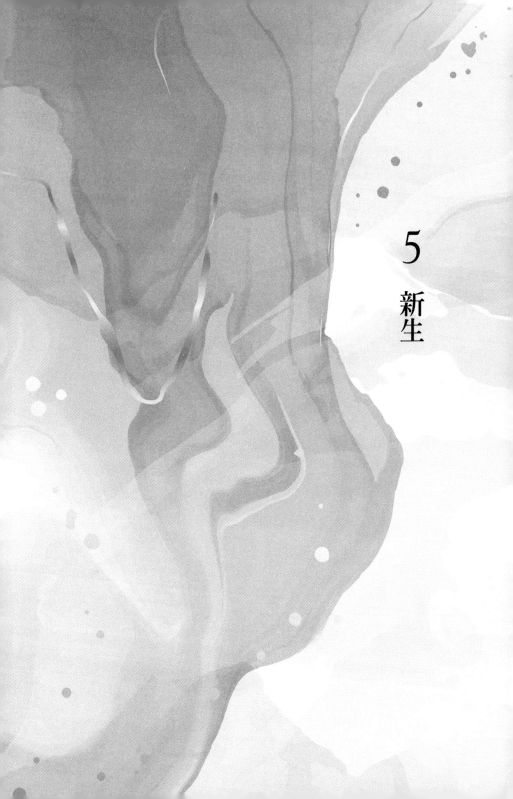

5

新生

柔中有力

如果我們之間的互動是透過請求
而不是逼迫
障礙就會轉彎和倒下

善良有一種特質會消除戒心

因為它帶著一種溫暖說：

「我無意傷害你。」

冒險

選擇你最想要的方向

人生是獨一無二的機遇；
當你超越恐懼
就能充分利用它

走不尋常的路
未必會成功，
但是它確實提供
實現夢想最大的可能

當她開始放手，視野變得更清晰了。當下感覺更容易應付，
未來看起來變得開闊，充滿光明的可能。隨著她擺脫了過去
繃緊的能量，她的力量和創造力又回來了。帶著重新燃起的
激情，她專注於打造一個充滿歡樂與自由的新生活。

當你可以很簡單地接受別人本來的樣貌，而不是糾結於他們應該如何改變才會更像你，這時候你的感情關係會大大改善，內心的緊張也會顯著降低。

成熟的六大指標：

對脆弱、學習與放下抱持開放的態度

看見更多的觀點，而不限於自己的觀點

為自己的快樂幸福負責

優先考慮有助自己成長的做法

停下來思考，而不是做出反應

對自己，也對別人坦誠

質疑自己的感知
來養成謙遜之心

不輕視別人
來養成謙遜之心

不預設立場
來養成謙遜之心

時時慷慨寬厚
來養成謙遜之心

向別人學習
來養成謙遜之心

四位免費授課的老師：

變化

水

獨處

存在

如果我一直想要什麼
就沒有多少時間給存在

只有於存在之中
我才能感到真正的平靜

成熟是為別人的成就
感到心喜

為競爭所困的心，
只要有人得到你渴求的東西
就會感到無聲的苦澀，
這表示你仍在與自己交戰

通過更深入去愛自己與了解自己
來終結心亂與內耗

200

即使治癒了重大的創傷與過去的制約，你也不會一直快樂。心情起起伏伏是很自然的。真正改變的是，你不再一碰到舊因就有反應，即使心亂時，也不會輕易陷入過去的模式。

用心中冒出來的第一個衝動判斷自己
是不公平的

那只是過去那個你的翻版

你有意識地決定做什麼事
塑造了現在的你
也會影響未來的你

請記得：暫停，思考，行動

與好朋友來一場坦誠而深入的交談，有時候正是你需要的養分，讓你恢復清醒、重新站起來、面對世界，並以新的、專注的能量繼續你的使命。

好朋友有三個特徵：

你不必演給他們看

他們在你掙扎的時候為你保留空間

他們由衷為你的成就感到高興

進步是承認你所處的位置與你想要達到的位置，而不讓這兩者之間的空間造成精神緊張。如果緊張的話，它應該激勵你繼續心平氣和且努力不懈地向前邁進。有目標但不執著會更快有結果。

傷害會穿越時空

從這個人到那個人
這種不必要的沉重感跟著移轉
從過去進入現在
然後再進入未來

打破傷害的界限
是誰都可以做到的壯舉

當人們療癒了自己，
也就阻止了傷害倍增
他們之間的關係也會變得更健康

當人們療癒了自己，
也就療癒了未來

別人如何看待你
更能反映出
他們的內心機制
而不是你的行為

你無法控制
別人的想法和生活方式，
但是你可以有意識地
為這個世界注入能量

有些人可能會誤解你，
但最重要的是
你了解自己

真正的改變會慢慢地顯現出來。放下與養成自我覺察的這一切努力，會為生活帶來煥然一新的感覺。放眼世界，你會看到一種重新煥發的活力，洋溢著生活會更美好的機會。即使你的模式試圖把你帶往舊方向，你也會運用選擇的力量。你學會接受情緒湧現的價值，即使自己的狀態不好也沒關係；這會讓騷動的時刻靜靜地消逝，讓你的心更輕盈，眼睛更清亮。你將擁抱成長的人生與變化的真理，讓內心的平靜成為你的新家。

幸福就是能夠享受
你為之作的一切
而不會陷入
想著還少了什麼
或是接下來想要什麼

説「不」是一種進步的標誌
説「不」是一種承諾的標誌
説「不」是一種力量提升的標誌

説「不」可以幫你實現目標
説「不」有助你的心理健康
説「不」可以讓你找到合適的人

在一個瞬息萬變、發展日新月異的世界，
內心的平靜是你最寶貴的財富

在你周圍動盪不安的時候
這樣的平靜讓你有所倚賴

這樣的平靜能幫助你深呼吸
並在需要採取行動時
做出正確的決定

平靜有助頭腦看得更清楚

比較會加劇焦慮

耐心為成長創造空間

憤怒激發恐懼之下的反應

喜悅出現在當下

放下
影響你感知的怨恨或說法

記住
你看到的是有限的
無法包括整件事的來龍去脈

你認為事情發生了，但這並不是最終結局；
故事還不止這些

並不是要時時刻刻抱持光明和善良的想法；
而是不要去助長沉重且卑鄙的念頭。
真正地讓它們過去，
不讓它們生根發芽進而控制你的行動。

當我們進入更深的智慧，我們對自己和別人的慈悲心就會與日俱增。當我們了解自己的內心世界，就會更容易理解別人與他們行為背後的驅動力。

隨著意識思維的發展，我們對自己和別人變得更加溫和。釋放自我的緊張，讓清晰的思維呈現出來，就會產生新的、充滿愛的積極性——這就是自我療癒的精髓所在。

不過，這種溫和與積極不應該與完全的轉變混為一談。我們可以看到新的清明跡象出現，但是要記住，心靈是廣闊的，我們的情感經歷大部分都儲存在潛意識，其中存有太多東西需要釋放。我們的情況是這樣：意識思維的模式可能已經好轉了，但是潛意識的思維（有時還是會不由自主地冒出來）依然充滿從前的沉重與嚴厲。

這並不是說，我們應該強迫自己以某種方式思考，或壓抑某些想法。我們只需要意識到，這種缺乏線性發展的情況屬於療癒過程中自然的一部分，反而應該專心養成有助我們轉變的習慣與做法。

讓自己敞開心扉接受療癒與成長，這件事是指有些問題一旦消失，更深層的問題就有空間可以顯示出來，讓我們能觀察到，並且釋放。潛意識裡積累的東西比我們最初所能理解的要多得多。這就是為何放下需要長期的投入。在繼續處理與消除舊有模式的同時，有可能達到較快樂的境地。

強烈的自愛
幫你在無私奉獻
與保護自己免於受傷害之間
找到平衡

尋找自我可能會帶來困惑
因為我們的身分一直在改變

如果少了深層的療癒
尋找自我可能會很複雜

把我們的努力集中在
*讓自己擺脫*昔日痛苦所造成的負擔
以及不利我們幸福的模式
對我們會更好

當我們淨化自己的存在，
當我們排除內心的沉重感，
關於我們自己的一切
以及我們應該如何利用時間
就會變得更加一目瞭然

自我的濃雲包住我們的意識
我們清除的濃霧愈多
內心最深切的願望會變得愈顯而易見

執著善於隱藏
在眾目睽睽之下；
心靈可能自以為看得很清楚
但它所認知的往往是扭曲的。

只有在沒有自我的情況下
才會有客觀的觀察。
隨著「我」的減少，
智慧就有了存在的空間。

當你創造某物時，
不要充滿執著與焦慮地
盯著它進展

創造它並放下它

把它交給這個世界，讓它去

為結果感到緊張有壓力
散發出心浮氣躁的氣息
不論對你或是你的修練都無濟於事

從自己的成長中你知道
真正的改變是有可能的

即使是曾經造成很大傷害的人
也具備這股動力潛能

有些人的改變可能比別人快
不過道理是一樣的

只要內在動機正確
誰都可以成為
更好的自己

未來你會感謝你聽從自己的直覺，
感謝自己守住界限，支持你內在茁壯成長
感謝自己拒絕不符合自己價值觀的事情，
感謝自己花時間培養自我覺察，
感謝自己忠於自己的願景。

了解自己
很重要

但大部分的療癒
並不是一個智性的過程

更多的是去感受
而不是設法逃避

我們的行為，有很大程度受到潛意識模式影響，它控制我們對現實的感知。

我們的感受，深受昔日情感經歷的影響──沉重的情緒會盡全力在當下重現。

我們看到的，只有在我們觀察、接受並放下靜靜潛伏在我們內心深處的東西時，才會變得客觀且清晰。

我們站起來。超越過去，我們努力有意識地應對生活，堅持不懈地養成明智的習慣，這時候我們把門打得更開，用新方式過生活。

我們敞開胸懷放下時所感覺到的情緒不適，不見得都與某一件特定的難事或創傷事件直接相關。我們受到的制約大多發生在看似微小的日常時刻。嫉妒、憤怒、懷疑與自我價值低落等反應很容易被我們的意識心遺忘，但是它們會聚積在潛意識中，讓我們再次感受到。

在一個充滿不確定性與不可預測的年代，
這些特質會讓生活更輕鬆：

堅強的毅力
繼續成長的意願
聽從直覺的耐心
適應意外變化的能力
了解什麼能加強你內心的平靜
了解自己的價值觀
堅持這份價值觀的能力

成功的人生是用兩個字
「是」和「否」創造出來的

有勇氣
只在感覺對的時候說「是」

有勇氣
對無益自己的舊模式說「否」

當你的有意行為開始改變
真實感受開始轉變時

你的想法可能需要一些時間
才能跟上你

專注於成為更成熟、更有耐心的「你」
過去的模式就會失去力量

你的想法最終會一致
變得更溫和，也更真實

即使你已經做了許多
內在功課
也不要期望自己完美無缺

進步是有意為之
而不是盲目行動

也不要自我懲罰
因為你還有成長的空間

讓錯誤平靜地影響
你的成長與學習過程

看得出來人類正在步入成熟
因為我們之中有愈來愈多人拒絕傷害

我們花時間
審視自己的偏見，
將我們的愛從有選擇變為無條件
擴大我們對可能的理解

我們之中有愈來愈多人正在療癒自己
並積極幫助這個世界療傷

從許多方面來看,人類就是世界的縮影。長期累積在腦海中的制約,與人類社會中占主導地位的體制相似。我們一生中不斷重覆和強化的個人反應行為模式,反映了整個社會的僵化和緩慢變化。

我們的思想之所以如此,大部分是因為我們有意無意地重複無數次防禦性的反應。世界就像我們的思想一樣,也深受這種模式之害。歷史上,掌權者往往盲目行事,讓過去的恐懼與創傷影響現在的自己。

正如深究內心修為的人都知道的,擺脫過去需要時間與自我覺察。需要重複積極和有益的行為,才能對抗無知與恐懼的蔓延。最重要的是,需要從自我覺察中產生有意識的行為,才能打破阻礙我們茁壯成長的舊習慣。這個過程也發生在集體層面。人們必須一同思考與感受,才能採取行動對抗有害的體制。

對個人轉變這項修練而言,自愛與自我接納極為重要。這種能量使我們能夠完全接納自己,在減少內耗之下向前進,邁向更健康的生活方式。同樣地,人類目前正在發展慈悲心。

愈來愈多人意識到他們的愛是有限的，並努力將愛推及所有的人。

在療癒發生之前，大多數人主要的動機是貪愛與嗔恨。貪愛與嗔恨在歷史長河中日積月累下來，形成我們今天所知的社會。這一切都在一個貪婪、短視的經濟體制下進行，這種體制對我們造成威脅，使我們無法在這個星球上安居樂業。整體而言，我們還沒有學會如何接納彼此的差異，無所畏懼地對待這些差異，我們也沒有停止改變與控制彼此。我們仍在努力從長思考。

努力培養慈悲心，減輕貪愛與嗔恨對我們行為的支配是最重要的，同時我們也必須直接處理從這些制約產生的傷害系統與意識形態。身為二十一世紀的人類，我們的任務是擁抱個人與人類經歷中與生俱來的複雜性。如果我們能夠深深地擁抱自己，代表自己和眾生採取行動，就有辦法重建這個世界，將它改造成眾生得以平安發展、施展力量的地方。

正在努力自我療癒的人，
心中有了新的愛，
腦中有了更多自我覺察，
更有能力管好自己的反應，
積極消除自己的模式與偏見的人，
正在幫忙打造更美好的世界。
你的慈悲心會帶來真正的改變。

你可能會問自己：內心的修練優先，還是先努力讓這個世界變得更好？答案是兩者可以同時進行。我們每個人都極不完美，心靈飽受制約蒙蔽。內心的修練是一趟終身的旅程，所以我們不該等自己的療癒「結束」才去幫助別人。努力消除更大規模壓迫的同時，實踐新的習慣並療癒自己。反抗壓迫是同理心與行動的結合。

我們做的內在修練有助於更廣泛的行動，讓世界變得更美好。兩者相輔相成。內在修練幫助我們超越過去的制約作用，從而減少我們在互動中重新造成傷害。集體行動的最終目的是將慈悲心結構化──它幫助我們建立一個世界，人類在這裡不但有安全感，也能獲得物質需求的滿足，而不直接或間接地互相傷害。將自我覺察變成集體行動，正是這個地球需要的良藥。

當我們停止猜測，願意無私地互相傾聽，才會有真正的溝通。當我們深入接觸自己，積極治癒過去的痛苦與創傷，熟悉我們的模式，更有可能做到真正的溝通。我們愈了解自己，就愈能了解周遭的人。溝通對任何行動而言都很重要，它是我們集中力量、共同決定方向的方法。

傷害的三個來源：

執著

期待

批判

療癒的三個來源：

慈悲

承諾

觀察

了解自己
有一部分就是花時間去了解
你身處的社會

你成長過程中吸收的
直接和間接的訊息
會悄悄進入你的思想中
固化成制約
影響你的觀點

你在不知不覺中
產生隱性的偏見

未經過批判性分析
過去在你的思想中扎根

如果沒有覺察和愛
就很難富有慈悲心地生活

我們有責任設想並制定新的社會標準,深刻實現人類生命的價值,從而使對世人的慈悲為懷,成為我們規畫團體、機構和國家的指導原則。

我們的世界已經陷入極端。貪婪、競爭、個人主義與短視的決策,為某些人創造出富足的世界,卻為大多數人創造出苦苦掙扎的世界。我們失去了平衡。我們生活在互相推擠的體制中,很容易造成直接與間接的傷害。我們還不知道如何共贏,也不知道如何在不破壞地球的情況下好好生活。

幸運的是,人類正在逐步成熟。我們還很年輕,但我們比以往任何時候都更樂於學習、成長與重建我們的世界。*我們有責任將慈悲心結構化*。創造一個包容的社會,在這個社會中的人不會因為差異而被遺棄,而是被接受且納入中心,讓所有的人都能蓬勃發展。

不容否認，我們可以改善當前全球的形勢。為了有更美好的明天，我們必須了解今天的錯綜複雜。認識愈深刻，我們的行動愈清楚明確。我們必須和歷史達成協議；直面它而不迴避。我們必須審視歷史的陰影在什麼地方產生了當前的壓迫。如果我們能夠接受當前人類經歷的現實，就更能為自己定位，消除不利於共同利益的結構。

種族主義與父權體制的力量存在於人際互動層面與結構層面上，影響我們的組織制度，並且在不知不覺間減緩我們心中慈悲的流動。我們需要質疑當前的經濟體制，支持將豐盛的物質重新做更好的分配。我們的制度不會永遠存在；世間萬物也不可能永遠存在。飢餓、貧困、無法獲得良好的教育與醫療保健，都是我們可以克服的結構性問題──提高生活水準，讓人們不再受物質方面的痛苦並非不可能；這不過是意願的問題而已。整體來說，我們擁有足夠的財富與知識去實現這個目標。我們缺少的是一種更強烈的、無條件的慈悲之心。社會永遠不會十全十美，但是這不該阻止我們，使我們共同的現實更加人性化。當我們致力於終結傷害，支持彼此的成長茁壯時，每一個人都會從中受益。

我們的任務是在支持個人自由的同時，更要從集體的角度去思考與行動。所有人都能得到標準的人道待遇。擴大我們的人權觀念，並將經濟權納入。去夢想，去行動。成為我們所希望的領導者。

我們有能力重建這個世界，讓慈悲心結構化。

想像一個由愛引領社會的世界

人們不再挨餓或置身於危險中
身體感到安全，心靈得到充分滋養
心聲被聽見，差異受到尊重

爭議得到處理
沒有暴力或恐怖手段
每個人都有機會
得到自己發展所需要的一切

分享
傾聽
說真話
不互相傷害
善待彼此
潔身自愛

我們從小學到的基本教育
長大後將會銘記在心
進而融合為新的全球文化

用真正的慈悲心對待你遇到的人。有意識地、溫柔地生活。
用雙手和言語培養和平。大方施捨你的仁慈寬厚。讓別人也
能分享這顆向善之心的恩惠。這些都是人類心靈的奇蹟，是
經過療癒的心容易採取的行動。這些生活方式不僅可以幫助
我們的心安頓下來、獲得平靜，也可以在這個時常動盪不安
的世界中創造更安全的空間。將這樣的善心帶給世界，會使
許多人受益，並帶來無數的回報。

不傷害別人
有利於你內心的平靜

讓這個真理銘記於心
在遇到困難時喚醒自己

當你以為
復仇會讓你的心平靜下來
或是消除你感受到的痛苦

請記住

當你以為
散播你感覺到的不安
就能減弱在你內心燃燒的熾焰

請記住

當你以為
讓別人生活得更艱難
就能為你的痛苦復仇

請記住

不傷害別人
有利於你內心的平靜

讓這個真理銘記於心
在遇到困難時喚醒自己

眾生系列　JP0223

清明與親密 Clarity & Connection

作者	揚‧裴布洛（yung pueblo）
譯者	夏荷立
責任編輯	劉昱伶
封面設計	兩棵酸梅
內頁排版	歐陽碧智
業務	顏宏紋
印刷	韋懋實業有限公司

發行人	何飛鵬
事業群總經理	謝至平
總編輯	張嘉芳
出版	橡樹林文化 台北市南港區昆陽街 16 號 4 樓 電話：886-2-2500-0888 #2736　傳真：886-2-2500-1951
發行	英屬蓋曼群島商家庭傳媒股份有限公司城邦分公司 台北市南港區昆陽街 16 號 8 樓 客服專線：02-25007718；02-25007719 24 小時傳真專線：02-25001990；02-25001991 服務時間：週一至週五上午 09:30-12:00；下午 13:30-17:00 劃撥帳號：19863813　戶名：書虫股份有限公司 讀者服務信箱：service@readingclub.com.tw 城邦網址：http://www.cite.com.tw
香港發行所	城邦（香港）出版集團有限公司 香港九龍土瓜灣土瓜灣道 86 號順聯工業大廈 6 樓 A 室 電話：852-25086231　傳真：852-25789337 電子信箱：hkcite@biznetvigator.com
馬新發行所	城邦（馬新）出版集團 Cité（M）Sdn. Bhd.（458372U） 41, Jalan Radin Anum, Bandar Baru Seri Petaling, 57000 Kuala Lumpur, Malaysia. 電話：+6(03)-90563833　傳真：+6(03)-90576622 電子信箱：services@cite.my

一版一刷：2024 年 7 月
ISBN：978-626-7449-10-3（紙本書）
ISBN：978-626-7449-09-7（EPUB）
售價：360 元

城邦讀書花園
www.cite.com.tw

版權所有‧翻印必究（Printed in Taiwan）
缺頁或破損請寄回更換

國家圖書館出版品預行編目（CIP）資料

清明與親密 / 揚‧裴布洛（yung pueblo）著；夏荷立譯.
-- 一版. -- 臺北市：橡樹林文化出版：英屬蓋曼群島商
家庭傳媒股份有限公司城邦分公司發行，2024.07
面；　公分. --（眾生；JP0223）
譯自：Clarity & connection.
ISBN 978-626-7449-10-3（平裝）

874.51　　　　　　　　　　　　113004954

向所有人傳遞愛

填寫本書線上回函